AF458105

Jules Bobin

LES MODES,

OU

LA SOIRÉE D'ÉTÉ.

LES MODES,

OU

LA SOIRÉE D'ÉTÉ,

POËME EN TROIS CHANTS,

Avec des Notes et des Anecdotes particulières à la bonne compagnie.

Prix, 15 sols.

A PARIS,

Chez MARET, Libraire, au Palais ci-devant Royal, cour des Fontaines.

1797.

LES MODES,

POËME.

CHANT PREMIER.

MUSE, écrivons ; mais laisse aux beaux esprits
Les lieux communs dont ils sont tous épris ;
Laisse les bois ombrager les montagnes,
Et les ruisseaux s'enfuir dans les campagnes ;
Laisse Tithon et son épouse en pleurs
Ouvrir en paix le calice des fleurs ;
Laisse sur-tout les bergers et la rose ;
Pour être lu, je veux dire autre chose :
Viens, et parlons, en dépit des maris,
Et des plaisirs, et des goûts de Paris.
Si je voulais être un auteur en titre,
Trois mois au moins collé sur mon pupitre,
Il me faudrait, pour le peindre à loisir,
Moi-même, hélas ! abjurer le plaisir.

Ainsi l'on voit des poëmes champêtres,
Donnés pour faits à l'ombrage des hêtres,
D'un quatrième, au plus fort des hivers,
Chez l'imprimeur aller nourrir les vers.
Mais j'aime mieux le plaisir que la gloire;
C'est en acteur que je conte une histoire:
Je vais, je cours; si quelque objet me plaît,
J'ai mes crayons, je l'esquisse d'un trait.
J'ai vu la Mode, et d'un pinceau facile
Je veux saisir ses lois, sa course agile.
Ainsi, lecteur, point de vers compassés;
Tu ne saurais que nos plaisirs passés.
  Mais si quelqu'un peut enhardir ma veine,
C'est vous sans doute, ô nymphes de la Seine!
Qui dans vos jeux, vos goûts et vos atours,
Toujours changeant, nous enchantez toujours;
Prêtez aux vers que je fais sur vos traces,
Votre enjoûment, votre aisance et vos graces;
Qu'ils semblent l'œuvre ou le fruit du hasard,
Et que le goût y règne plus que l'art.
  Je ne veux point, en ouvrant ma carrière,
Apostrophant le dieu de la lumière,
Dire pourquoi, lorsqu'il n'est pas encor,
L'aube en fuyant laisse un long manteau d'or;
Sujet trop vieux pour y passer mes veilles;
Que la province admire ces merveilles!
Son Apollon peut prolonger son cours;
C'est à midi que commencent nos jours.

La Nouveauté, c'est le dieu que j'adore;
L'Aurore enfin n'est jamais que l'Aurore.
On aime moins ce qu'on peut toujours voir;
Et dans Paris l'Amour se lève au soir.
Irais-je entendre un peuple de savantes,
Le dos courbé dans le jardin des Plantes,
Contre Linné, s'escrimer pour Jussieu (1)?
De-là, malgré la distance du lieu,
Vérifier droit à l'Observatoire
Si Jupiter a quelque tache noire;
Et terminant avec lui le matin,
Courir du grec, de l'algèbre au latin.
Non, non; qu'il aille aussi sur nos Parnasses,
Pour se venger de la fuite des Grâces,
Goûter le soir, en petit comité,
Incognito son immortalité;
J'aimerais mieux, précipitant ma course,
Suivre Mondor du Palais à la Bourse,
Et retournant de la Bourse au Trésor,
Dans le Palais le retrouver encor.
Il change, il troque, il achète une terre
Qu'il doit revendre au plus voisin notaire;
Et s'accostant du plus riche rentier,
Offre un louis de son prochain quartier.
En même temps à la guerre, aux finances;
Ici pour dû, là-bas pour des avances;
Plus studieux à grossir son argent,
Que D...p.... (2) à mentir couramment.

Mais où vas-tu, muse trop téméraire?
Dans les bureaux : c'est bien là ton affaire;
Que l'honnête homme y périsse de faim!
S'il faut parler des travaux du matin,
Ne sortons point du sujet qui nous guide;
S'il faut courir, courons avec Olphide.
  La Mode en fait son plus cher favori:
Mais que de soins, que de détails entraîne
Le culte heureux de cette souveraine!
Pour y suffire, il se lève à midi.
En négligé, vite, il saute au manège,
A la musique, aux armes; il abrège;
La poste arrive, il se presse, il y court,
Voir s'il n'a pas quelque paquet d'Hambourg.
J'entends déjà mainte provinciale
Me demander ce qu'Hambourg fait ici;
Et pour l'instruire, il faut le dire aussi.
  Le dieu du goût, de notre capitale
Depuis long-temps donnoit à l'univers
Ses nouveautés, ses habits, ses grands airs;
Mais dès le jour qu'un peuple sans-culottes
A prétendu lui donner des marottes,
Ce dieu volage a changé de séjour,
Et ses arrêts nous arrivent d'Hambourg (3).
Vainement fiers d'une antique puissance,
Lui refusant leur juste obéissance,
Saint-Honoré, d'Antin et le Palais,
De leurs tailleurs assemblent le congrès:

En vain comme eux un jeune homme indocile
Prétend charmer, à son tour, B......ille;
Il est jeté, relégué, confondu
Parmi ces fats encore au pied pointu,
A l'éguillette, aux boutons en arrière,
Au grand collet renversé par-derrière:
Il n'est pas vu si dans trois jours au plus
Tous ses patrons ne sont d'Hambourg venus,
Signé G.....at, H.......nn, avec paraphe.
Encor, dit-on, pour suivre ce torrent,
Permets, lecteur, ce soupir en courant,
S'ils faisaient faire un petit télégraphe!
Quand j'en vois un, pour troubler des états,
Tous les matins faire aller ses dix bras,
Je suis brûlant d'une rage infernale
Qu'on nous réduise au courrier de la malle;
Six jours plutôt, avec l'autre en hiver,
Les jeunes gens eussent eu le *spincer;*
C'est un affront, une injure, un scandale!
Mais comme il faut se consoler de tout,
Olphide au moins reçoit le dernier goût:
Il s'applaudit, il donne tout à faire,
Voit en passant Heyl, Poupart et Lasserre (4).
Le temps s'écoule, et pour le même soir
Il faut qu'il ait tout ce qu'il veut avoir:
Il doit encore, attendu chez Lesbie,
L'après-dîner ordonner la partie.

Il s'y présente, il entre avec Mondor;
L'un a l'à-plomb que donne un coffre-fort;
L'autre, badin, inconséquent, volage,
Plein du bon ton, des graces de son âge,
Conte, en dansant et chantant tour-à-tour,
Les bruits d'hier et les propos du jour,
Se plaint qu'on veuille accourcir les culottes,
Rogner l'habit, laisser les redingottes;
Et de sa tresse arrivant à l'état,
Dit quelque bien des deux tiers du Sénat.
Mais on en vient à l'importante affaire;
On examine, on cherche, on délibère;
On a nommé Boulogne et Tivoli:
De par la Mode, on n'a plus rien à dire;
On se dispose, et chacun se retire.
Vous, muse, aussi, venez vite au départ;
Laissez dîner L......re et B......ard (5);
Qu'à leurs festins on trouve tout ensemble,
Et les poissons que l'océan rassemble,
Et le houmard, le bisque, l'ortolans,
L'oiseau du Phase et le chapon du Mans.
Pour les pâtés, que chez eux Provenchères (6)
Mette le Sage et Michau sur les dents;
C'est un grand bien: Rose aurait-il des terres,
Si cette ville avoit moins de gourmands?
Que l'abricot chez eux croisse au carême,
Et que la fraise y nage dans la crême;

Que leurs laquais pris depuis trois hivers,
En les servant, riant de leurs travers
Et du haut rang dont leur orgueil se nomme,
Jouent tous les jours le bourgeois gentilhomme.
Que vous importe? Enfin, l'argent qu'ils ont
Est bien acquis : tout le monde en répond.
Ils n'avaient rien ; mais le droit de conquête,
Chez nous sur-tout, est-il plus malhonnête ?
Qu'ils dinent donc. Mais nous, mince héritier,
Sortons de table aussi-tôt qu'un rentier.
   La Seine voit sur sa rive opposée
Déjà les chars poudrer tout l'Elysée.
Je m'y transporte, et passe maint théâtre,
Et ses acteurs que la foule idolâtre.
La République, et Louvois, et Feydeau,
Peuvent lever ou baisser le rideau ;
Je n'irai point qu'entre ses mille drames,
Contat ne rende au moins l'auteur des femmes.
Je fuis sur-tout ces acteurs furibonds,
Qui font trembler la salle par leurs bonds,
Et qui, beuglant pour quelques vains éloges,
Vont étourdir jusqu'aux petites loges.
Laissons Médée, Œdipe, Anacréon,
Presque déserts autant que l'Odéon (7).
Fuyons ; la pompe et la magnificence,
Le bruit m'appelle à cette place immense,
Où les Coustous disputaient aux Mansards (8)
L'honneur du rang et la palme des arts ;

Mais où depuis un colosse difforme (9),
A ses haillons, à sa mammelle énorme,
Loin d'annoncer qu'il vient briser nos fers,
Semble nous mettre au milieu des enfers ;
Où ce palais dont l'éclat la couronne (10),
Œuvre du goût, jadis cher à Bellone,
De l'ignorance aujourd'hui monument,
Gémit chargé d'un lourd entablement :
C'est encor là que, malgré cette injure,
Et des forfaits dont frémit la nature,
C'est encor là qu'après sept ans de maux
L'œil peut jouir des plus pompeux tableaux.
  Des deux côtés, trente chars à la file
En un instant y sont suivis de mille (11) :
Là, la berline en son tour opulent,
Sur ses deux ais se balance en roulant.
Le nouveau riche apprend dans son enceinte
A prendre un ton, à dépouiller la crainte ;
Elle dérobe encore à l'héritier
L'œil importun du subtil créancier.
Souvent profonde, étroite et solitaire,
D'un plus doux culte elle est le sanctuaire :
Elle dérobe aux coureurs d'alentour,
Et les trésors, et les jeux de l'amour.
Vive sur-tout, vive cette voiture,
Quand son roulis, égal dans sa mesure,
Peut chez Br.....ens éveiller la nature (12) !

La diligence, en son tour plus joli,
Plaît davantage au galant Co......ni (13).
C'est sous ce dais qu'un beau couple s'admire :
Après amour, vanité veut sa part.
Ce n'est le tout, a dit Gentil Bernard,
Que d'être heureux, il faut encor le dire.
Mais toi qui veux suivre le goût du tems,
Plus près qu'Armand ne suit les jeunes gens ;
Que tes ressorts et ton siége modernes
Soient distingués au moins par cinq lanternes ;
Que ton cocher, du plus grand des manteaux,
Ait six collets retombant sur son dos ;
Que tes laquais, s'ils n'ont pas de livrée,
N'étalent point leur mise bigarrée :
Le même drap, un simple liseret,
En attendant fait voir ce qu'on était.
Heureux celui dont l'amante orgueilleuse
Risque un bockei, voiture merveilleuse (14),
Petit chef-d'œuvre inventé tout exprès,
De chez Gagnant il est sorti tout frais ;
Aux bois finis, en ferrure impayable
Et délicat..... c'est inimaginable.
Jamais la roue en ses rudes écarts,
Jamais l'essieu ne heurte les brancards,
Et le bai brun, fier du char qu'il entraîne,
Emporte avec un nuage d'arène.
Il est affreux pourtant qu'un fat nouveau,
Tout glorieux d'un petit numéro (15),

Offre à côté de ce leste équipage
Le vil cocher d'un burlesque attelage.
 Non moins rapide et plus ambitieux,
Le fier Carrick lève son front aux cieux,
Penche en avant, et laisse loin derrière
Tout l'attirail de sa pompe étrangère.
Quatre jockeis, jeunes, beaux, effilés,
Autour de lui galoppent tout sanglés;
Ses trois coursiers, frappant de front la terre,
Mordent le joug et roulent le tonnerre.
Mais on voudrait y discourir en vain:
L.....ois (16) lui-même, avec un pareil train,
Insulterait l'usage et la Grammaire,
Le sens commun, le goût; il peut y faire
Des *T*, des *S*; au milieu du fracas,
Il est bien sûr qu'on ne l'entendrait pas.
 Moi, j'aime encor ce char simple en sa forme,
Et sa lanterne, et sa teinte uniforme,
Ses deux soleils, son rouage en argent,
Son cuir poli, son train leste et luisant,
Cabriolet élégant et commode,
Tout près du goût et non loin de la mode.
Les phaétons, les soufflets, les wiskis,
Offrent encor leurs gothiques débris;
On en distingue en ce vaste assemblage,
De tout état, tout genre, tout étage.
 A cet aspect pourtant la foule à pié
Frémit de rage ou sourit de pitié.

J'ai vu B.....on, P.....vre et la V.....ère,
Par leurs laquais couvertes de poussière;
Et maint inscrit (17), en voyant le traitant,
S'écrie : au moins, s'il ne volait pas tant!
Mais près de lui la revêche bourgeoise,
D'un œil jaloux regarde, glose, toise.
« Bon dieu! dit-elle en se croisant les mains,
» On ne voit là que fripons ou catins :
» Ils font grand bruit ; mais ces messieurs, je gage,
» S'il n'est loué, doivent leur équipage,
» Tandis que moi..... Mais c'est un petit mal....
» De Bagatelle ils vont à l'Hôpital :
» C'est fort bien fait ». Nous, laissons les injures
Et reprenons le fil de nos voitures.
  Trente hussards ont peine à les ranger.
Malgré la foule, au milieu du danger,
Malgré les chars, la fringante amazone
Glisse entre deux, et ressort plus mignonne.
La laide même, en cet accoutrement,
A quelquefois un éloge en passant;
Mais garde-toi de ce noble exercice,
Toi dont la gorge a besoin d'artifice,
Ou que nature accabla de ce don,
Si tu ne veux, quelque mal qu'il t'en coûte,
Que nous n'allions, assemblés sur ta route,
La voir bondir de la selle au menton.
Amans soumis, ou bien rivaux fidèles,
Dix cavaliers voltigent autour d'elles :

Ici, B......el, droit, serrant l'étrier,
Fait admirer le crin de son coursier (18);
Là, moins superbe, un écolier timide
Craint une chûte, et s'attache à la bride;
Et C......sy (19), laissant cet ignorant,
Rase la terre et s'alonge en courant:
Il disparaît, il atteint la barrière.
  Faisons-y, Muse, une pause première,
J'en ai besoin: on est bientôt rendu,
La tête en l'air et le col si tendu.
Reposons-nous, quoique toutes ces dames
En me fixant bravent mes épigrammes:
Je me suis tu, je parlerai pourtant;
Voilà Boulogne (20), et mon vers les attend.

FIN DU CHANT PREMIER.

CHANT SECOND.

LE vrai bonheur est tout près des revers.
Heureux celui qui voit briser ses fers,
Ou qui retrouve, échappé du naufrage,
Et ses enfans, et son humble héritage !
Il faut avoir connu l'adversité,
Pour bien jouir de la félicité.
Qu'on soit heureux, le mal passé s'oublie,
Et prête un charme au reste de la vie ;
La jouissance amène les dégoûts,
Et défendus, les plaisirs sont plus doux.
Ainsi le crime a prétendu naguères
Fronder nos jeux, nos goûts, nos caractères ;
Mais vains efforts ! c'est un fougueux torrent
Qui rompt sa digue et grossit en courant :
Mille plaisirs se sont pressés d'éclore,
Et plus nombreux, et plus brillans encore.
C'est vainement que l'œil de ses parens
Suit la fillette au logis, à la ville ;
Qu'elle s'échappe, ils ont perdu leur tems.*
Telle eût été vertueuse et docile,
Qui tout d'un coup, soustraite à ses tyrans,
Va du couvent coucher chez Dest....ville.

Ainsi Corus (1) et l'humide Orion (2),
Non satisfaits d'inonder la Bourgogne,
Ont beau flétrir les bosquets de Boulogne,
Et prolonger la désolation;
Dès que Phébus, entr'ouvrant les nuages,
Boit les vapeurs, relève les feuillages;
Que le gazon respirant sa chaleur,
L'humidité n'est plus que la fraîcheur;
Le bruit des chars, peuplant leurs promenades,
Annonce aux bois leurs brillantes Dryades (3),
Et tout-à-coup, d'un lieu si déserté
Semble sortir la plus belle cité.
Tel est l'Olympe, ou telle encor Cythère,
Lorsque l'Amour y ramène sa mère:
Mille beautés s'élancent de leurs chars;
Je crois la voir s'offrir à nos regards,
Et descendant de sa conque azurée,
Des Jeux, des Ris, des Plaisirs entourée,
Malgré les dieux, jaloux de ses autels,
A leur bonheur appeler les mortels.

Si des anciens suivant encor les traces,
Il me fallait désigner mes trois Graces,
J'en aurais mille, et je prends au hasard,
Et la V.....tte, et D.....che, et M.....ard (4).
Si de nos jours la beauté chez les hommes
Voulait aussi se disputer le prix,
C'est Dec.....l qui verrait nos Pâris,
A ses genoux lui présenter leurs pommes.

L'Amour lui-même oublie, en la voyant,
Les traits de L....e et l'œil de S......ant.
Et de B.....le, et P.....on l'inconstante (5),
P.....on qu'il aime en faveur de sa tante,
Sur-tout depuis qu'en haine des époux,
Après avoir exilé deux jaloux,
Pour n'user plus d'une loi que l'on fronde,
Elle a dessein d'épouser tout le monde;
Et D......rt même (6); hier dans les convois,
Demain au bal, qu'elle laisse à Louvois
Le soin des mœurs, de l'esprit de sa fille;
Elle a du moins formé *le beau pupille*.....
Mais.... un moment.... le libertin, je crois,
Balancerait pour l'objet que je vois:
Compatissant pour tout ce qui respire,
Nul n'a plus loin étendu son empire.
Veut-on trouver un régiment entier,
Soldats, robins, rentiers, commis, ministres?
On peut aller visiter les registres
Où sont inscrits les amans de Ch.....ier....
Muse, alte-là. Je ne veux point de bile
S'il faut parler de ce sexe enchanteur:
Sois son Ovide, et non pas son Zoïle (7);
Tout ton esprit ne vaudrait pas mon cœur.
Dois-je, à l'aspect d'une tache étrangère,
Admirer moins l'astre qui nous éclaire?
Est-il moins beau, moins pur, moins bienfaisant?
Ainsi le sexe est toujours séduisant.

S'il a des torts, ils viennent de nos vices:
Notre inconstance enfanta ses caprices;
De notre orgueil naquit sa vanité:
Nos trahisons font sa légéreté.
Sans nous enfin, le sexe toujours sage,
Aurait encor les mœurs du premier âge;
Et la Pudeur, rendant l'Hymen heureux,
Verrait chez nous bien plus de Ch.....reux (8).
Accusons-nous. Rendons un juste hommage
A la Nature, à son plus bel ouvrage:
Quel il serait, si nous n'avions flétri
Les traits divins dont il fut embelli,
Quand, tel qu'il est, nous lui rendons les armes;
Quand, même au vice, il sait prêter des charmes!
Mais il conserve au moins cette vertu,
Bien étrangère à l'homme corrompu,
Qui réunit le sauvage au sauvage,
Qui protégea leur commun héritage,
Créa l'amour et l'hospitalité,
Le don d'un dieu..... la sensibilité.
Depuis long-tems elle eût quitté la terre;
Mais la beauté devint son sanctuaire.
Aux tems affreux, si féconds en malheurs,
Qu'elle a seché, qu'elle a charmé de pleurs!
Que son courage a surmonté d'obstacles!
Mais notre histoire en dira des miracles....
Pardon, lecteur, du détour que je fais;
Il est si simple alors qu'on voit D.....ais (9)

Dans ces beautés, orgueil de la Nature,
Tout est divers de traits et de parure,
C'est un coup-d'œil qui m'arrête enchanté
Par son ensemble et sa diversité;
Mais si la Mode y dicte en souveraine
Ses volontés aux objets qu'elle enchaîne,
Un autre dieu donne à ses nourrissons
Les premiers soins, les premières leçons;
Don que tout âge et que tout homme honore,
Le goût, plus beau, plus admirable encore!
Qui prêté un lustre aux plus brillans bijoux,
Qu'on n'acquiert point, mais qui naît avec nous.
Si tu n'as pas ce trésor nécessaire,
Qui que tu sois, ne prétends point à plaire:
En vain, suivant les dames comme il faut,
Tu n'enverras tes robes qu'à Rimbaut (10);
En vain Duplan (11), avec plus d'artifice,
De ton chignon triplera l'édifice;
En vain pour toi, Bertin, Mailhe et Massard (12)
Epuiseront les secrets de leur art.
Ce n'est assez de suivre avec méthode
Tous les arrêts que prononce la Mode,
Il faut du goût pour commenter ses loix,
Et dans leur nombre il faut faire un beau choix.
Qu'on soit petite, ou grande, ou blonde, ou brune,
Ou maigre, ou grasse, il en est pour chacune;
Le même atour peut déplaire, embellir:
C'est un secret; l'art est de le saisir.

La *Polonaise* ennoblira les tailles;
La majesté des T....ons, des N.....les:
A son ampleur, T.....lle (13) a quelques droits.
Malgré ses vœux, on dit qu'avant neuf mois,
Incognito, sous la robe équivoque,
Elle attend l'art du grave Baudeloque (14).
Un peu moins grande, et riche des attraits
D'où mille amours semblent lancer leurs traits,
Celle pour qui les Graces généreuses
Ont modelé les formes amoureuses,
Avec plus d'art et plus de volupté,
Consultera la belle antiquité (15);
Telle j'ai vu D.....el et L.....onne,
Et toi sur-tout, rivale de Bellone!
Mais est-il vrai, dis, superbe C.....ont (16),
Qu'un casque un jour ait ombragé ton front?
Quel dieu jaloux, t'entraînant à la guerre,
Chargea ton bras d'un pesant cimeterre?
Quoi qu'il en soit, enfin auprès de nous
L'amour t'amène à des assauts plus doux;
Ton front guerrier dépouilla les menaces.
Moi, cependant, à tes yeux, à tes graces,
A ton esprit, plus beau que tes appas,
Je te redoute encor plus qu'aux combats.
Mais cet habit, fait pour les immortelles,
Et que le Goût a transmis à nos belles,
Si quelquefois il pouvait te tenter,
Détourne l'œil, bien loin de le porter,

Toi dont la taille est incorrecte ou fine,
Ou dénonçant ton éternelle échine,
Ton sein rentrant, ta hanche de perdrix;
Que sais-je enfin? peut-être encore pis,
Pour te guérir de ta folle incartade,
A chaque pas, dans chaque promenade,
Derrière toi, tu n'entendras bientôt
Que «c'est D.....nne ou Lar.........aut (17)».
   Avec la taille un peu moins accomplie,
Moins d'embonpoint, on est encor jolie;
On peut alors revêtir le *spincer*,
Leste en été, plus utile en hiver:
Mais il messied, malgré la fantaisie,
S'il n'est porté comme il l'est par S....ie.
Quant à la nymphe en qui le mignon plaît,
Je veux lui voir la robe à la *Lisbeth;*
Qu'un cordonnet remplace la fontange,
C'est un amour sous les graces de L....ge;
   Tel est le goût. L'habit à la *Psyché*,
Malgré son âge, est encor recherché;
Mais la province, un voyage, un manége,
De l'*amazone* ont seuls le privilége.
De nos habits sur-tout n'allez jamais,
Comme S.....arc, déformer vos attraits;
Qu'elle soit homme, elle en fait bien le rôle (18).
Vous, lorsqu'enfin vous aurez fait un choix,
Pour arrêter le desir qui s'envole,
De la pudeur il faut suivre les loix.

Je fuis bien vîte une vieille indécente
Dont l'abandon, le port d'une bacchante,
Fait un soupir, et laisse un peu plus bas
Pencher pour moi les plus humbles appas.
 Mais pour donner du prix à sa parure,
Que la beauté, dans ses atours divers,
N'étale point de folle bigarrure :
Malgré la Mode, on rit de ce travers.
Avec sa mule et son turban superbe,
La *Polonaise* enchante mon regard.
La *Lisbeth* veut, pour folâtrer sur l'herbe,
Chapeau pareil et chaussure sans art.
Je reconnais une provinciale,
Quand un jupon se lève, et nous étale,
A quelques doigts d'un maigre casaquin,
Sous un chapeau, l'orgueil du brodequin.
Moi, pour le rendre à toute sa noblesse,
Je veux un port qu'eût admiré la Grèce,
La jambe haute et les bras arrondis,
Et le manteau dessiné par Xeuxis (19).
Sur-tout jamais ne surchargez de poudre
Ces longs cheveux que Duplan a tissus :
Votre beauté ferait honte à Vénus,
Qu'à l'admirer je ne puis me résoudre.
 A cet égard, un procès important
S'est élevé pour le noir et le blanc ;
Procès fameux beaucoup plus qu'il n'est sage.
Quand l'horizon voit grossir un orage,

Qui menaçant, et nos droits, et nos jours,
De tous nos soins invoque le secours :
Mais attendant que la Mode en décide,
Je prends toujours le Goût pour notre guide.
Toi dont l'œil noir ennoblit les grands traits,
Dont le port mâle a moins besoin d'apprêts,
Malgré tous ceux que la coutume entraîne,
Tu peux toujours préférer ton ébène.
Sois somptueux, sois plus propre; qu'enfin
Ph....pe (20) même ait du linge moins fin.
Sur-tout prodigue à ta tête ennoblie
Tous les présens de l'heureuse Arabie.
Si tu vieillis, ou si ton jeune front
Voit retomber un cheveu plus que blond,
Garde-toi bien d'une manie antique;
Tu trahirais ta couleur hérétique.
Cours chez Gervais, et qu'à longs flots de lys
Il te saupoudre encor plus que L......is (21).
Je le répète, au reste, en cet usage,
Les goûts varient, la mode se partage;
Mais, avant tout, il faudrait bien se voir,
Et décider sa toilette au miroir :
Encore un coup, je ne puis me résoudre;
La.....the est brun, Lab.....fe a de la poudre;
Puis, A.....dée (22), enfant cher à l'Amour,
Entre les deux balance tour-à-tour.
Je laisse donc la querelle incertaine,
Et je reviens au sexe qui m'entraîne.

Ah! quels que soient ton caprice et ta loi,
Ne porte rien qui ne soit pas à toi,
Azélaïs : si la mère commune
Orna ton front des trésors d'une brune,
Respecte-les; crains de les surcharger
Du luxe vain d'un chignon étranger (23);
Que tes cheveux tressés par longue bande,
Semblent avoir un peu de contrebande.
Moi, j'en connais qui, la montre à la main (24),
Offrant la tête à des chaleurs fécondes,
Dans les bouillons d'une aiguière d'airain,
De leurs cheveux osent enfler les ondes;
Tant le desir d'accroître sa beauté
Donne de force et d'intrépidité!

Mais que font là les conseils et l'injure?
Mille beautés que je vois sur mes pas,
Brillent déjà de leurs propres appas:
Leur juste orgueil enchante la nature.
Charmé, comme elle, à l'aspect de sa cour,
L'Amour, jaloux d'y fixer leur séjour,
Pour ajouter à ces dignes conquêtes,
De jeux nouveaux vient embellir ses fêtes (25).
Ces lieux aussi sont plus chers au malin,
Depuis qu'un jour il défia l'Hymen :
Muse, dis-nous quelle fut la querelle,
Qui fut vainqueur, qui fonda Bagatelle (26).

L'Hymen jadis, à grands soins, à grands frais,
Avait construit un superbe palais;

L'Amour l'apprit, et courut vers son frère
Lui demander ce qu'il en voulait faire?
« — Moi, me venger, dit l'Hymen, de l'affront
» Que trop souvent tu gravas sur mon front?
» C'est sous mes loix qu'ici la belle Irène
» Viendra dans peu régner en souveraine;
» Elle n'aura, malgré tes traits, cruel,
» Que moi pour dieu, que ce lieu pour autel.
» Si dans ta cour un grossier peuple abonde,
» J'aurai pour moi le chef-d'œuvre du monde.
» — Pour te donner un triomphe complet,
» Répond l'Amour, il me vient un projet;
» Je veux aussi bâtir mon édifice,
» Qu'Irène vienne et qu'Irène choisisse:
» Si c'est le tien, je jure que mes traits
» Respecteront désormais tes sujets!
» — Soit, dit l'Hymen. — Quand doit venir Irène?
» — Avant la fin de la lune prochaine.
» — Le terme est court, mais je tiens le défi;
» Je pars». Il dit, et volant vers Neuilly,
Se fixe aux lieux où la Seine étonnée
Voit l'arc fameux qui la tient enchaînée (27);
Et dépêchant à l'instant ses courriers,
Fait arriver ses plus chers ouvriers.
On s'établit dans un coin de Boulogne;
Avec l'amour on va vite en besogne,
Et fille voit bientôt, grace à son soin,
Mainte montagne où l'on n'en voyait point.

De même ici le fripon en dessine ;
Des bois, un antre, ou sur la mousse fine,
Plus délicate encor que l'édredon,
Il donne asyle à plus d'une Didon (28).
Non loin s'élève un modeste édifice,
Où l'élégance a masqué l'artifice,
Œuvre du goût bien plus que du compas.
Meubles, tapis, lustres n'étonnent pas;
Mais si jamais le hasard vous repose
Sur les sophas qu'un dieu même dispose (29),
Quel changement! Comme à vos yeux surpris
Ces lieux charmans sont encore embellis!
Mille tableaux semblent prendre une vie,
Et la Nature étale ses trésors,
Et ses plaisirs, et ses secrets ressorts.
Heureux celui qu'y suivra son amie!
A cet aspect, prestiges inconnus,
Bouillon d'amour circule en chaque veine;
L'œil est en feu, la pudeur incertaine:
On se débat, mais le modèle entraine,
On s'abandonne au pouvoir de Vénus;
Et son cher fils, dit-on, de la coulisse
A vu souvent un pareil sacrifice.
  Avec ces soins, le palais s'acheva;
Il fut fini lorsqu'Irène arriva.
L'Hymen lui montre un édifice immense,
Vante sa pompe et sa magnificence.

Après l'Hymen, l'Amour, plus prévenant,
Montre à son tour son humble bâtiment;
Il n'oublia pourtant ni la peinture,
Ni les gazons, ni l'antre et l'onde pure.
Tout en parlant de fleurs et de bosquet,
Il parlait d'elle : Irène l'écoutait;
C'est naturel, et son choix ne m'étonne.
Elle aimait fort la pompe et la grandeur;
Mais on est jeune, on doit avoir un cœur.
Palais d'Hymen fut trouvé monotone :
La vanité choisit ce beau cercueil;
Mais l'autre offrait de l'ombre et du mystère :
La Volupté le prit pour sanctuaire;
Et sur la porte on grava sans orgueil :
« De par le Goût, le Plaisir, la Folie,
» Maison d'amour, *petite, mais jolie* (30) ».
Mais, quoi ! pendant que je suis empressé
A discourir sur un conte passé,
Me voilà seul.... A-t-on repris les barres (31) ?
Mais tels objets, à peindre, ne sont rares,
Et l'on m'attend sans doute à Tivoli,
Double motif pour m'en aller d'ici.

FIN DU CHANT SECOND.

CHANT TROISIEME.

PAR un beau soir, sortant de la tribune,
Un sénateur, enfant de la Fortune,
Devers Montmartre alla fonder Boutin (1),
Ou Tivoli, si l'on veut du latin.
 Depuis deux ans, malgré son inconstance,
C'est encor là qu'exerçant sa puissance,
La Mode entasse avec tous ses amans,
Paris, je crois, et les départemens.
Bourbon n'est rien, malgré son origine (2),
Et ses salons, et ses enfans guerriers,
Amour chassé d'une enceinte mesquine,
Veut du secret pour planter ses lauriers.
Et toi, volage, enfant de l'Italie,
Vois-tu peupler ta nouvelle Idalie (3)?
Malgré tes feux, tes ifs et tes vergers,
Vois-tu chez toi courir les étrangers?
Non, non, la Mode, aimable météore,
Infortuné, ne te luit point encore.
Tu me diras que d'honnêtes bourgeois
Viennent souvent à l'ombre de tes bois:
Cela se peut; chacun a sa manie.
Malgré son site et sa monotonie,

On risque bien Biron pour une fois (4).
Moi, j'en connais qui vont à l'Harmonie (5);
D'autres vont voir des mariniers brutaux,
Poussés, poussant, barbotter dans les eaux (6).
Quiconque veut trouver sa couturière,
Peut un dimanche aller à la Chaumière (7):
Il n'est pas même enfin jusqu'à Lucquet,
Dont le Palais ne meuble le bosquet (8).
Chaque plaisir a son cercle, son monde.
A Tivoli, l'on voit tout, tout abonde:
Province, ville et village et fauxbourg,
Tout veut le voir, tout y va, tout y court;
Dût-on à pied faire cent fois la route,
Fatigue, argent, rien n'arrête, ne coûte.
Un employé, plus gueux qu'un écolier,
Empruntera jusques à son portier,
Fille mettra, pour en passer la rage,
Ou ses bijoux ou son honneur en gage;
Pour en jouir, en jaser à son tour,
Un artisan mettra son demi-jour,
Et le rentier que sa femme tourmente,
Vendra plutôt deux cents livres de rente.
  Petit état, abrégé d'univers,
Il réunit tous les atours divers.
Là, l'élégant, la Cauchoise hupée;
Ici, le froc, et la robe, et l'épée;
C'est un spectacle, un magique miroir,
Où vous pouvez tout entendre et tout voir.

Mais on m'a dit qu'en cet amas bizarre,
Jusqu'aujourd'hui la pudeur était rare.
Quoi qu'il en soit, c'est là qu'on voit sur-tout
Qu'avec la mode on a besoin de goût.
Objet hideux, l'une pense être belle
Lorsqu'elle traine un paquet de dentelle:
Quand Cabasson (9) la charge de bijoux,
Telle autre croit qu'on lui fait les yeux doux;
Et malgré Rey, Leroi, Rimbaut et Coppe (10),
L'aigre bourgeoise a l'air d'une enveloppe.
Où serions-nous enfin, si de nos jours,
Dans ce torrent d'abus et de folie,
On ne voyoit la bonne compagnie
Qu'à la façon dont sont faits ses atours?
Qui l'aurait cru qu'au sein de la misère,
Un jour Cloé secouant sa poussière,
Quittant la bure et l'humble petenlair,
Chez Nancy (11) même essaierait le spincer?
Mais ses façons, sa démarche mesquine,
Son air géné, sentent son origine.
Tout le pouvoir, tout l'orgueil des maris,
N'arrêtent point les regards de Paris.
Quand elle étend la longueur de sa nuque,
Vous découvrez le fil de sa perruque:
Ses bras meurtris par ses anciens travaux,
Sont mal ornés par ses bijoux nouveaux;
Sur son front même on en verrait la trace;
Mais la céruse en a plaqué la crasse.

Jamais des flots d'un parfum onctueux
Elle n'arrose un corps voluptueux ;
Sa bouche au loin paraîtra bien vermeille,
Et rend de près les odeurs de la veille.
J'aimerais mieux, s'il fallait faire un choix,
De F......ville (12) aller suivre les loix ;
Qu'elle ait atteint à son douzième lustre,
Sa propreté du moins la rend illustre.
Son front sans doute apprendrait aux passans
Son jour natal et le pouvoir du temps ;
Mais quand Dumas (13) a soin de sa figure,
Il fait rougir de dépit la Nature.
Qu'importe enfin que ses appas soient peints !
J'admire bien un tableau de Rubens ;
Et si sa gorge, objet de ses tendresses,
Est, m'a-t-on dit, très-sujette aux faiblesses,
Qu'importe encore ! une bande le jour,
La nuit la crêpe en affermit le tour.
J'admire au moins cette enceinte secrette,
Premier boudoir, principale toilette,
Parfums, onguens, rien ne manque en ce lieu ;
Dans les appas enfin dont il abonde,
On trouve auprès des bains de Richelieu (14)
Ce qui manquait à la sœur Cunégonde (15).
Si l'on y voit un peu de vanité,
Elle est d'ailleurs pleine de *piété* ;
J'en suis certain, souvent dans ses veuvages,
Au *mont* fameux elle en porta des gages.

Puisse R........ un jour les retirer!
Nous revenons; c'est trop nous égarer.
Chaque moment voit augmenter la foule:
C'est un torrent qui croît pendant qu'il roule;
Bosquets, charmille, et prairie, et jardin,
Et potager, et salon, tout est plein.
Vers l'occident, tenant au poing la dague,
Sur un baton l'un va courir la bague.
Non loin, on croit à des accens guerriers
Avoir Bellone au sein de ses foyers;
Je vois plus bas, si le sort m'y ramène,
Les uns manger pour toute leur semaine,
Et le courtaut, aux accords de Hullin (16),
Faire sauter la femme du voisin.
O toi qui veux, fuyant le ridicule,
De nos L......the être le digne émule!
Garde-toi bien de t'y mêler jamais,
Quelque fureur qu'inspirent tant d'archets;
Il est permis à peine de le faire
Lorsqu'un cachet en chasse le vulgaire (17).
Ne danse plus: Terpsichore est en deuil;
Que Richelieu soit pour toi son cercueil.
On n'y voit plus F.......e (18) avec ses astres,
De ses amans publier les désastres:
Y verra-t-on désormais A.......in (19)
Affronter seule un troupeau libertin?
Si M.....on (20) choit dans sa valse légère,
Dorénavant qu'elle imite sa mère.

Ainsi la danse a perdu ses attraits :
Laissons Hullin animer ses paquets,
Laissons danser, et la petite fille,
Et le tailleur, et toute sa famille :
Tout près de nous une foule d'amours,
A la beauté vient ouvrir le concours.
Que vois-je, ô ciel ! est-ce un autre hémisphère ?
Quel dieu l'habite, et quel soleil l'éclaire (21) ?
De tous côtés, par un cristal plus pur,
L'éclat jaillit à flots d'or et d'azur.
Phébé (22) s'enfuit en courroux, désolée ;
Je perce à peine en cette étroite allée,
Où mille objets admirans, admirés,
Vont sans effroi, l'un sur l'autre encombrés :
Heurté devant, repoussé par derrière,
A travers l'ambre, à travers la poussière,
Les embarras, les siéges entassés,
Pour prendre l'air, je marche à pas pressés.
Mais il faut voir la beauté sous les armes,
Y revêtir l'ensemble de ses charmes.
Là, pétillant après la gravité,
On prend le jeu de la vivacité.
On veut ici lutiner sa figure ;
Tout près de moi, l'on fait voir sa denture ;
Un peu plus loin, son grand œil languissant :
L'une arrondit un geste un peu profane ;
Plus précieuse à l'aspect du passant,
L'autre adoucit un agréable organe.

Son cavalier s'étonnera de voir,
Quand il dit blanc, qu'elle réponde noir.
Croit-il, tout près d'un groupe qui l'admire,
En sa faveur expliquer un sourire ?
Dans ses discours distraits, entrecoupés,
Saisir pour lui quelques mots échappés ?
L'homme commun ! si la femme bien née,
De quelqu'ami se montre accompagnée,
C'est un maintien : mais c'est, malgré ses soins,
Ce qu'elle voit et qu'elle entend le moins.
  Tandis qu'ainsi chacune fait son rôle,
Que l'un admire et que l'autre contrôle ;
Qu'un coup d'épaule ici froisse un menton ;
Là, qu'une chaise apostrophe un talon ;
Que R......ac se penchant en arrière,
Me jette au nez toute sa poudrière ;
Qu'une beauté dont j'arrache un jupon,
Fait un salut de mauvaise façon ;
Qu'on se reprend, qu'on se quitte et qu'on coule,
Et qu'embarqué dans cette énorme foule,
L'estomac pris, sans aller, ni venir,
Je désespère à la fin d'en sortir,
Un bruit heureux, une gerbe élancée,
Me rend pourtant ma liberté passée ;
J'esquive un grouppe où j'allais expirer,
Et me promets de ne plus m'y fourrer.
  Je compte enfin en liberté plénière,
Jouir du feu promis par Varinière (23) ;

Mais dès midi, mille petites gens,
Pour n'en rien perdre, ont retenu les bancs,
Et maint garçon apporte à sa bourgeoise
Un tabouret qui lui donne une toise.
En vain croit-on, noyé dans ce chaos,
Glisser de l'œil entre mille chapeaux :
C'est temps perdu. La double salamandre (24),
A trente pas, a beau monter, descendre,
Et la rosace, et portique, et bouquet,
Je ne vois rien : je m'enfuis au bosquet.
Là, séparés de la foule vulgaire,
A la fraîcheur d'une onde solitaire,
Servants d'amour aux plus secrets endroits,
Sans être seuls, vont un peu moins que trois.
Si par hasard quelque mèche fatale
Ose éclairer encor par intervalle,
Amour l'éteint ; en un séjour si beau,
Il ne veut plus que son heureux flambeau.
  Pour raconter ses succès, ses défaites,
Il me faudrait cent bouches, cent trompettes.
Ici, j'ai vu son plus cher favori,
Si redoutable à l'honneur d'un mari,
Riche d'attraits, d'esprit et de folie,
Heureux en France, heureux en Italie ;
Et quand Amour nous cèlerait son nom,
Que de beautés s'écrieraient : c'est L......on !
  Si son absence a laissé de grands vides,
Il reste encor des soldats intrépides.

Je vois encore au bataillon choisi,
P......y, M......é ; mais sur-tout C......si (25)
Qui garde au moins sa première vaillance,
Quoiqu'oublié de la tendre V.......ce,
Dont le grand cœur, usant de tous ses droits,
Ne peut aimer que l'ennemi des rois;
Et L......et, qui n'est pas plus timide,
Sans y compter l'octogénaire Alcide (26),
A qui la truffe a rendu, l'autre été,
La bonne foi de la paternité.
A table, au lit, c'est lui qui ne se bouge
Qu'emmailloté d'un ample cordon rouge,
Et chaque nuit pense, au lever du jour,
A présenter ses gendres à la cour,
Si toutefois, nous ôtant la mémoire,
Cheret leur fait des aïeux dans l'histoire.
Fort bien, Cheret (27); mais quitte tout plutôt,
Pour t'occuper d'ennoblir In......ot,
Et ces Crassus de la nouvelle France,
Qu'on ignorait plus qu'ils n'ont d'ignorance.
Mais tout-à-coup quel bruit entends-je encor!
Quel grand tableau! l'azur de mille gerbes
Embrase l'air de ses flammes superbes:
La bombe éclate, entr'ouvre un dôme d'or,
Et jusqu'au ciel me tenant en extase,
Semble y suspendre un lustre de topase (28)!
Quittons nos bois: que de yeux indiscrets
Vont pénétrer ces ombrages si frais!

Fuyez, Amours : une énorme cohue
Remplit déjà la mortelle avenue.
  Moi-même alors, porté par mes voisins,
Je m'abandonne en prenant garde aux mains,
Et pas à pas je retrouve à la porte
Des querelleurs qui demandent main-forte,
Des polissons qui vont chercher mes gens,
Des cochers sourds, des fiacres insolens,
Et des crieurs, et de la populace,
Qui vient exprès vous insulter en face.
Je sors à peine à travers mille chars :
Quel groupe épais arrête mes regards !
J'écoute. « Toi, dit l'un, fais-tu des glaces ?
» — Toi, des sorbets ? tu les sers dans des tasses.
» — As-tu Coblentz ? — As-tu mon grand salon ?
» — Et toi, ma vue ? — Et toi, mon petit pont » ?
A ces propos, j'apperçois quatre diables
Qui se lançaient des regards effroyables :
C'était Juliette, et de l'autre parti
Je vois Carchi, Corazza, Velloni (29) ;
Le fier trio, dans sa fougue italique (30),
Vivra plutôt, dit-il, en république,
Que de se voir, après tant de succès,
Damer le pion par un blanc-bec français.
Le feu s'allume, et le monde se range.
  De ses garçons étendant la phalange,
Juliette alors invoque pour appuis,
La nouveauté, l'honneur de son pays.

Fait aux combats, au trouble, à la fatigue,
Carchi commande aux troupes de la ligue.
On voit, on compte, on frissonne, on attend;
Et sans tarder, au bruit d'une sonnette,
Le premier coup part des rangs de Juliette.
Par mille traits on l'écrase à l'instant.
Cédant au nombre, excédé, haletant,
Mais dans sa chûte encor plus redoutable,
Il succombait. La Mode, inconsolable,
Prenant les traits et la voix d'un garçon
Qui ce jour-là restait à la maison,
A ses regards se hâtant de paraître:
« Quoi, vous vaincu! dit-elle, ô mon cher maître!
» Vous allez donc laisser, et les sophas,
» Et la chaumière, et les jeunes lilas!
» Ah! pour céder au coup qui vous menace,
» N'avez-vous plus de sorbet, ni de glace?
» Imitez-moi: vous verrez leur troupeau
» Tourner la tête en ce combat nouveau.
» Allons, victoire »! Elle dit, et sur l'heure,
Dans le panier, prend une glace au beurre,
Et la tournant d'un bras bien affermi,
Du premier coup terrasse Velloni.
A cet aspect, Corazza, plein d'alarmes,
Cherche des yeux, et retrouve des armes,
Voit l'agresseur, et droit sur l'estomac
Veut lui jeter sa mousse au chocolat.

Un seul garçon, d'un sorbet à la crème
Sur le carreau le renverse tout blême.
Mais c'était peu pour ton faible parti :
Jeune Français, je vois encor Carchi !
Seul champion de la cause italique,
Il va choisir la plus épaisse brique ;
Il s'en saisit, et droit à son rival,
D'un bras nerveux lance le trait fatal.
Le trait sifflant exterminait Juliette ;
Il consommait sa honte et sa défaite :
Mais plus rapide, il se baisse, et le coup
Derrière lui frappe un garçon au cou.
Non moins fougueux, muni d'une cerise,
Juliette avance à son rival qu'il vise,
Et l'appliquant juste entre les deux yeux,
Il lui ravit la lumière des cieux.
Tel autrefois, malgré sa force extrême,
L'adroit Ulysse abattit Polipheme (31).
Il respirait..... un énorme citron
Parti soudain jaunit encor son front :
Juliette alors l'abat tout à son aise ;
Le marasquin, la vanille, la fraise
Et l'abricot, tout roule : le torrent
Dans le ruisseau laisse Carchi mourant.
Juliette enfin, bien sûr de sa conquête,
Voit Velloni qui relevait la tete.
« C'est peu, dit-il en lui tendant la main,
» De triompher, si l'on n'est pas humain.

» Tu vois sans doute, après cette victoire,
» Que nul rival ne peut ternir ma gloire.
» Que dis-je ? au rang où je viens de monter,
» Pour ne pas cheoir, je n'ai qu'à le quitter.
» Tel est aussi le dessein qui m'occupe :
» Oui, Velloni, je prends un successeur
» Entreprenant, fier sur le point d'honneur,
» Honnéte, assez pour ne pas être dupe :
» Je veux qu'il m'aime et qu'il ait tout de moi ;
» Et cet ami, ce successeur, c'est..... toi ».
Il le relève à ces mots : on l'admire.
Tel Charles-Quint abdiquait son empire (32) ;
On applaudit sa générosité :
Velloni même en est déconcerté ;
Et sur le champ, suivi de mille graces,
Au pavillon court leur offrir ses glaces.
J'y vais : lecteur, tu peux en prendre aussi,
Si tant de vers ne t'en ont pas servi.

FIN DU CHANT DERNIER.

NOTES

DU CHANT PREMIER.

(1) DEUX botanistes célèbres, dont les systêmes sont différens.

(2) Journaliste qui a de ce côté une grande facilité.

(3) Il est vrai que MM. G....at, H.....nn et D.....tie, envoient d'Hambourg les nouvelles modes pour les jeunes gens.

(4) *Poupart*, fameux chapelier, au Palais-Royal; *Heyl*, tailleur; *la Serre*, cordonnier, rue des Canettes.

(5) On dit que le dernier de ces deux messieurs, est à présent hors d'état de faire de pareils dinés. On ne le voit plus qu'à Coblentz, rendez-vous actuel des gens ruinés. N'importe, on se souvient assez des festins et des bals qu'il a donnés.

(6) *Provenchères*, *le Sage* et *Michau*, fameux pâtissiers, le premier à Pithiviers, le second à Paris, le troisième à Chartres.

Rose, fameux restaurateur à Paris, rue Grange-Batelière.

(7) Nouveau théâtre de Paris, qui ne peut pas être connu en province.

(8) *Couston*, ancien sculpteur; *Mansard*, ancien architecte.

(9) La statue de la Liberté, en plâtre, érigée par David, sur la place de Louis XV.

(10) Le palais Bourbon, dont on fait une salle pour le conseil des Cinq-cents.

(11) Ce vers rappelle ceux de Boileau.

Vingt carrosses bientôt arrivant à la file,
Y sont en moins de rien suivis de plus de mille.

Ce plagiat m'est échappé très-innocemment; mais il amène trop naturellement la description, pour y rien changer : j'aime mieux l'avouer.

(12) Homme de cour (ancienne).

(13) Etranger, d'une jolie figure.

(14) *Bockey*, petite voiture, garnie d'une balustrade, inventée, dit-on, par *Gagnant*, fameux carrossier, boulevard Italien.

(15) On sait que les fats bourgeois ont grand soin, en prenant un fiacre, de choisir le plus beau, et sur-tout celui dont le numéro est le moins apparent.

(16) Fameux fournisseur, qui, comme beaucoup de ses confrères, fait des *T* et des *S* à chaque mot qu'il dit.

(17) Possesseur d'inscriptions sur le grand livre.

(18) M. B.....el, très-amoureux de son beau cheval noir.

(19) Un des meilleurs écuyers de Paris.

(20) On sait que le bois de Boulogne, au bout duquel est Bagatelle, est la promenade favorite des gens comme il faut.

NOTES DU CHANT SECOND.

---

(1) CORUS, vent d'ouest, pluvieux.

(2) *Orion*, constellation qui amène des pluies.

(3) Nymphes qui président aux bois.

(4) Trois belles femmes.

Nota. *Je ne mettrai point de notes pour les personnes dont je n'aurai rien de particulier à dire, ou à l'égard desquelles ce que j'en ai dit dans le poëme, n'aurait pas besoin d'explication.*

(5) Madame P.....on, nièce de la célèbre Pomp...., a divorcé deux fois.

(6) Madame D..... a fait débuter sa fille sur le théâtre de Louvois; et elle a eu les premières inclinations d'un jeune homme fort connu.

(7) *Ovide*, poète latin très-galant; *Zoïle*, vil détracteur.

(8) Les deux demoiselles Ch.....treux, très-belles, et plus vertueuses encore.

(9) Madame D.....ay élève les enfans de sa sœur, madame de Ch.........ant.

(10) Mademoiselle *Rimbaut*, couturière, rivale de mademoiselle *Nancy*.

(11) *Duplan*, coiffeur-artiste, rue de Buffaut.

(12) Mademoiselle *Bertin*, ci-devant marchande de modes de la reine; *Mailhe*, si connu par ses vinaigres, rue Saint-André-des-Arts; mademoiselle *Massard*, brodeuse en vogue, rue des Vieilles-Etuves.

(13) On dit, sous le secret, que madame de T.....lle, ci-devant mademoiselle de P....., malgré le vœu qu'elle avait fait de s'en tenir à son premier enfant, est grosse du second.

(14) Accoucheur des jolies femmes.

(15) Robes à la grecque.

(16) Madame de C.....ont, très-belle femme. Ceux qui sont au fait de ses aventures, m'entendront.

(17) Mademoiselle D.....nue est très-maigre; madame Lar.....aut est bossue, et s'habille à la grecque.

(18) On dit que sa voisine et madame R....aing peuvent l'affirmer.

(19) *Xeuxis*, fameux peintre grec.

(20) M. Ph.....pe, renommé pour sa fraicheur et ses chemises plissées au jabot.

(21) M. de L.....is, toujours bien poudré.

(22) M. A......ée porte tour-à-tour les cheveux noirs et poudrés.

(23) Ces dames me trouveront fort hardi. Celles qui ne portent point de perruque, m'applaudiront; et puissé-je en dégoûter au moins celles qui pourraient faire de leurs beaux cheveux ce qu'elles font de ce meuble ridicule, lorsqu'il est inutile.

(24) Voilà un fait dont j'ai été témoin oculaire. Une dame a osé tenir, pendant plus d'une heure, sa tête au-dessus d'une bouilloire, dans laquelle elle faisait bouillir ses cheveux, comme les perruquiers en usent à l'égard des perruques. Cette opération nuit sans doute aux cheveux; mais elle les fait ondoyer d'une manière incroyable.

(25) Bals et fetes qu'on vient d'établir à Bagatelle.

(26) Il faut se rappeler, pour l'intelligence de l'épisode, que Bagatelle et son jardin anglais ont été commencés et achevés en six semaines, pour une fête que le comte d'Artois y donna à la reine, lors de son mariage.

(27) Le pont de Neuilly, qu'on voit de Bagatelle.

(28) On se souvient de l'aventure d'Enée et Didon, dans la Caverne.

Speluncam Dido dux et trojanus eamdem
Deveniunt. . . . .

(29) Il y avait dans un des appartemens de Bagatelle, des peintures qui, vues de certains endroits, représentaient toutes sortes d'aventures galantes : on m'a certifié que souvent le comte d'Artois, qui permettait de voir Bagatelle lors même qu'il y était, se cachait dans un cabinet voisin de la pièce où étaient les peintures, pour jouir de la surprise des spectateurs, et des effets qu'elles pouvaient produire.

(30) *Petite, mais jolie. Parva sed apta*, inscription qu'on lit encore sur la façade de cette miniature.

(31) Les jeux de barres du bois de Boulogne, qui avaient tant fait de bruit l'année dernière,

viennent d'être repris ; ils sont fort éloignés de Bagatelle, à côté du Ranelagh : ils ont lieu les mardis.

NOTES DU CHANT TROISIÈME.

---

(1) Le jardin Boutin a été ouvert par un député nommé *Gérard*, d'abord associé avec *Ruggiéri*. On a su leurs contestations.

Cette année, il a pris le nom de Tivoli, petite ville près de Rome, où les anciens Romains avaient leurs maisons de plaisance : on y admire les cascades et le temple d'Hercule.

(2) Le jardin de Bourbon, dit l'*Elysée*, est assez petit : on y voit des enfans joûter.

(3) Le jardin de Marbeuf, près Chaillot, où *Ruggiéri* donne les fêtes dites d'*Idalie*, est très-grand, et abondant en arbres étrangers.

(4) Les fêtes de l'hôtel de Biron, fauxbourg Saint-Germain, jardin français.

(5) Le cercle de l'harmonie, dans les appartemens d'Orléans, au Palais ci-devant Royal. On y donne des bals, des concerts, des séances littéraires, &c. &c.

(6) Joûtes des mariniers du Gros-Caillou et de la Grenouillère.

(7) La Chaumière, petit jardin anglais, boulevard du Mont-Parnasse.

(8) Lucquet, *aux Maronniers*, fauxbourg du Temple. On n'y voit guère que des *filles*.

(9) *Cabasson*, pour les bijoux, au Palais ci-devant Royal.

(10) *Rey*, coiffeur; *Leroi*, marchand de modes, rue Neuve-des-Petits-Champs; *Coppe*, cordonnier pour femmes, rue Jacob.

(11) Mademoiselle *Nancy*, fameuse couturière, rue d'Amboise.

(12) On ferait un volume des soins que cette femme de soixante ans prend pour se conserver le teint, la gorge, &c.

La crêpe dont il est question plus bas, est faite avec des œufs et du beurre. C'est une sorte d'omelette qui s'applique chaude sur la partie qu'on veut raffermir.

(13) *Dumas*, parfumeur en vogue, rue de la Loi.

(14) Bains au lait, dont le vieux maréchal de Richelieu faisait un si fréquent usage.

(15) . . . . Et la sœur Cunégonde,
Se laissant cheoir, perd sa dernière dent
GRESSET, dans *Ververt*.

(16) M. *Hullin*, directeur de l'orchestre, au bal de Tivoli.

(17) Bals d'abonnés.

(18) Madame *F......c* s'est fait remarquer aux bals de Richelieu cet hiver, par ses bijoux ;

(19) Madme *A........in*, par sa danse, un peu plus que voluptueuse. (On dit qu'elle quitte Paris, forcée par sa famille, qui n'aime pas ses liaisons.)

(20) Mademoiselle *M.......on* y a fait en valsant une chûte dont on a beaucoup ri : mais sa mère en fait de plus heureuses sans aller au bal.

(21) Les illuminations.

(22) La lune.

(23) M. *Lavarinière*, fameux artificier, compose les feux de Tivoli.

(24) Pièce d'artifice.

(25) Jeunes gens, fameux par leurs bonnes fortunes. Madame *de V.......ce* a cependant quitté ou écarté le dernier, pour s'attacher, dit-on, à l'assassin du roi de Suède.

(26) C'est M. *de M......c*, âgé de soixante-dix-neuf ans, dont l'épouse vient de faire un enfant qu'il croit à lui, depuis qu'un beau soir il a mangé une dinde aux truffes dont lui avait fait présent l'amant de sa femme. Il appelle cet enfant *le fils de la dinde*. Quoique très-

infatué de sa noblesse, il a pris deux gendre de la plus basse extraction, &c. &c.

(27) *Cheret*, ancien généalogiste, au Louvre.

(28) Le bouquet, ordinairement fort beau, est toujours le signal du départ pour la bonne compagnie.

(29) Quatre fameux glaciers de Paris. *Juliette*, en vogue, tenait le pavillon d'Hanovre, sur le boulevard Italien. Les salons en sont richement meublés ; il y a un petit jardin anglais, petit pont, petite chaumière. Il vient de céder son fonds à *Velloni*, qui tenait à Coblentz et au Palais-Royal. *Corrazza*, établi dans le bâtiment parallèle au Garde-Meuble, a en perspective toute la place ci-devant Louis XV..... Enfin, *Carchi*, qui a été si long-temps exclusivement à la mode, est rue de la Loi. (*Note nécessaire à lire pour l'intelligence du combat.*)

(30) Les trois derniers sont Italiens.

(31) Ulysse, saisissant l'instant où le cyclope Poliphéme dormait dans sa caverne, lui enfonça dans l'œil un pieu embrasé, et se délivra ainsi, lui et ses compagnons.

(32) *Charles-Quint* abdiqua l'empire en faveur de *Ferdinand*, et le royaume d'Espagne en faveur de *Philippe*, son fils, en 1555.

FIN.

www.ingramcontent.com/pod-product-compliance
Ingram Content Group UK Ltd.
Pitfield, Milton Keynes, MK11 3LW, UK
UKHW020439230726
13925UKWH00004B/1747

9 782014 465211